MONSIEUR BOUT-DE-BOIS

Julia Donaldson & Axel Scheffler

GALLIMARD JEUNESSE

Monsieur Bout-de-Bois vit dans son arbre en compagnie de Madame Bout-de-Bois et de leurs trois petits Bout-de-Bois.

Un jour, il décide d'aller courir de bon matin.
Monsieur Bout-de-Bois, ho ! Monsieur Bout-de-Bois, attention au chien !

— Un bâton ! aboie le chien.
Un excellent bâton !
Exactement le bâton
qu'il me faut pour jouer
à mon jeu préféré.

Je vais chercher et je rapporte ;
je vais chercher et je rapporte…
Et puis…

… je vais chercher
et je rapporte.

– Mais je ne suis pas un bâton ! Vous ne voyez donc pas que c'est moi, Monsieur Bout-de-Bois, *Monsieur Bout-de-Bois*, MONSIEUR BOUT-DE-BOIS.
Et je veux retrouver mon arbre chéri, ma maison !

LES CHIENS DOIVENT ÊTRE
TENUS EN LAISSE,
indique le panneau.
Tout a une fin : Monsieur Bout-de-Bois
est libre de nouveau.

Alors il se dépêche de rentrer chez lui.
*Monsieur Bout-de-Bois, ho ! Monsieur Bout-de-Bois,
attention à la petite fille !*

– Une petite branche ! s'écrie
la fillette, ravie.
Exactement la petite branche
qu'il me faut pour gagner
la course !

– Tout le monde est prêt ?
Un, deux, trois, lancez à l'eau !

– Mais je ne suis pas une petite branche ! Ils ne voient donc pas que c'est moi, Monsieur Bout-de-Bois, *Monsieur Bout-de-Bois*, MONSIEUR BOUT-DE-BOIS.

Et je m'éloigne toujours plus de mon arbre et de ma famille !

Monsieur Bout-de-Bois part à la dérive, entraîné par le courant.
Monsieur Bout-de-Bois, ho ! Monsieur Bout-de-Bois, attention au cygne !

– Une brindille ! dit le cygne. Elle est très jolie. Exactement la brindille qu'il me faut pour finir mon nid.

– Mais je ne suis pas une brindille !

Ils ne voient donc pas que c'est moi, Monsieur Bout-de-Bois, *Monsieur Bout-de-Bois*, MONSIEUR BOUT-DE-BOIS,

et je veux retrouver mon arbre et ma petite famille.

Le nid est vide ; Monsieur Bout-de-Bois est libre.

Il se laisse porter par la rivière et arrive dans la mer !

Ballotté en tous sens, il est rejeté sur la plage,
parmi les algues, loin des siens.

Un papa arrive, une pelle à la main.
Monsieur Bout-de-Bois, ho ! Monsieur Bout-de-Bois,
attention au sable fin !

– Un mât ! s'écrie le papa. Il est parfait !

Youpi ! Notre château a enfin un drapeau.

– Non, je ne veux pas servir
de mât à leur vieux drapeau,

ni d'épée à un chevalier…

ni de porte-baluchon !

Je ne suis pas un crayon !

Je ne suis pas un arc !

Je ne suis pas une raquette…

ni un boomerang ! Non, je suis…

Monsieur Bout-de-Bois, ho ! Monsieur Bout-de-Bois, attention à la neige !
Arrive un garçon avec une écharpe et un bonnet de laine.
– Un bras pour mon bonhomme de neige ! s'exclame-t-il. Quelle aubaine !

– MAIS JE NE SUIS PAS UN BRAS !
Personne ne voit donc que c'est moi, Monsieur Bout-de-Bois,
Monsieur Bout-de-Bois, MONSIEUR BOUT-DE-BOIS !

Reverrai-je jamais mon arbre et ma famille ?

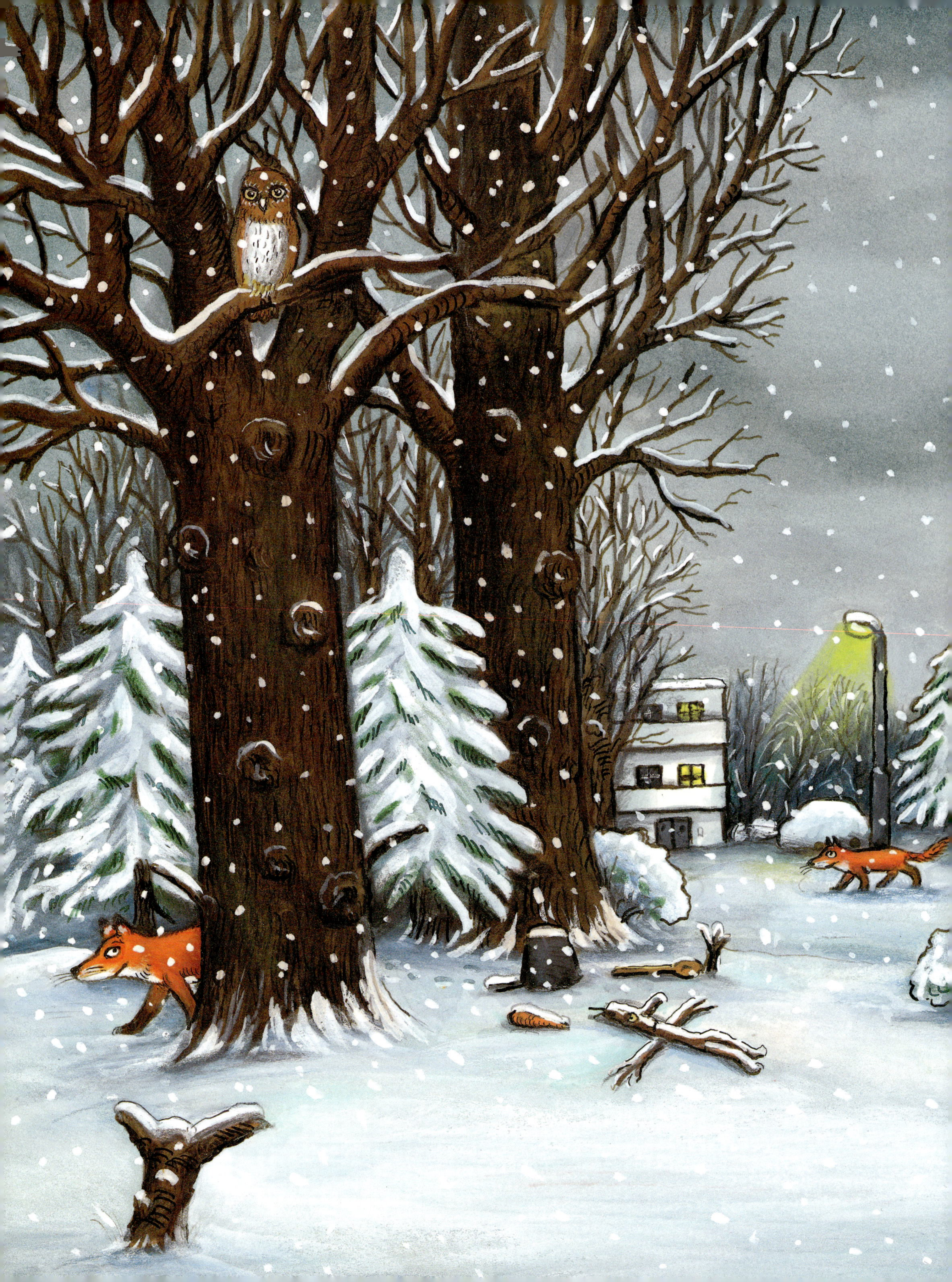

Monsieur Bout-de-Bois est perdu, Monsieur Bout-de-Bois est seul abandonné.
Monsieur Bout-de-Bois est couvert de givre, il est glacé.
Monsieur Bout-de-Bois n'en peut plus. Ses yeux vont se fermer.
Il s'étire, bâille et s'endort en paix.

Il n'entend pas les cloches, ni les voix mélodieuses de la chorale…

… ni la voix qui dit : « Super, une petite bûche pour la cheminée ! »

Monsieur Bout-de-Bois dort profondément sur le tas de bois à brûler.

Avant qu'il ne soit trop tard, personne ne peut-il le réveiller ?

Il rêve à ses enfants chéris et à sa gentille Madame Bout-de-Bois.

Soudain, il se réveille en sursaut.
Quel est donc ce bruit là-haut ?
Au début, on croirait un petit rire,
Mais c'est un grand cri pour finir :
– Ho-ho-ho-ho-ho… Je suis COINCÉ !
Sortez-moi d'ICI !

Qui est dans la cheminée,
coincé dans le conduit ?
– Pas de souci !
crie Monsieur Bout-de-Bois.
Je vais vous délivrer.

Ça gratte, ça racle, et tombe une pluie de suie.
Ça se tortille, ça s'agite et… un pied surgit !
Ça pousse, ça tire, et ça chute à grand bruit…

Badaboum ! Le Père Noël atterrit et le chat déguerpit !

– Monsieur Bout-de-Bois, oh ! Monsieur Bout-de-Bois, mon bon ami ! Merci, mille mercis ! Merci pour la vie !

Alors Monsieur Bout-de-Bois part aider le Père Noël à distribuer les jouets aux petites filles endormies…

et aux petits garçons endormis.

Ils filent à travers la nuit enneigée,
quand le Père Noël dit :
– Plus qu'un foyer à visiter !

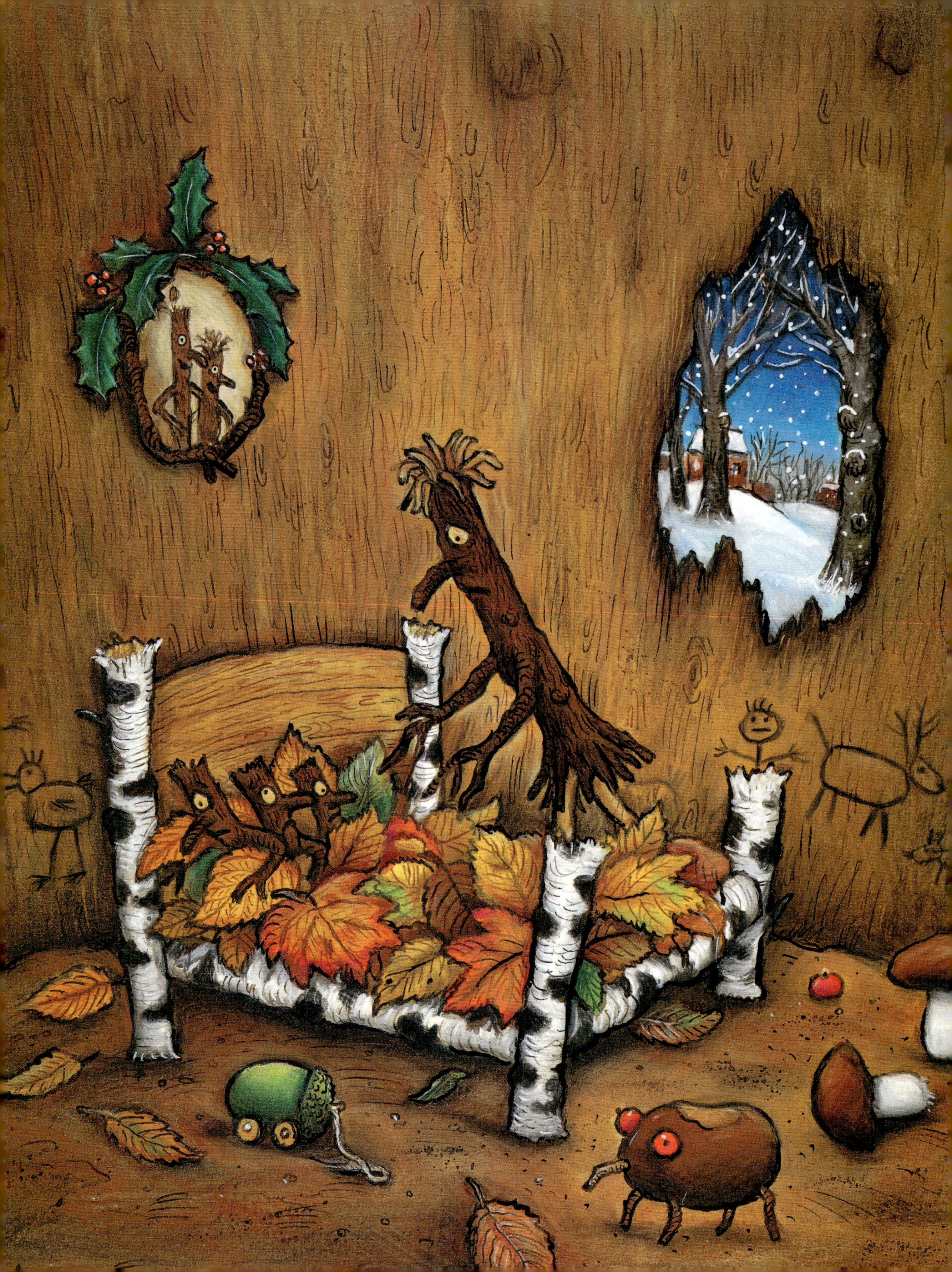

Madame Bout-de-Bois se sent si seule.

Ses enfants sont tristes aussi.

Noël ne sera pas Noël sans leur papa Bout-de-Bois.

Ils tournent et se retournent dans le grand lit.

Mais quel est ce bruit là-haut ? Quel est donc ce fracas ?

Quelqu'un dégringole au creux de l'arbre.

Un oiseau, un écureuil, une chauve-souris ?

À moins que ce ne soit… mais oui, ne serait-ce pas… ?

– C'est moi, Monsieur Bout-de-Bois, *Monsieur Bout-de-Bois*,
MONSIEUR BOUT-DE-BOIS, me revoilà !
Et plus jamais je ne quitterai
ma famille et mon arbre chéris.

Pour Adélie

Traduction : Anne Krief

ISBN : 978-2-07-062126-2
Titre original : *Stickman*
Publié pour la première fois par Alison Green Books,
un imprint de Scholastic Children Books, Londres.
© Julia Donaldson 2008, pour le texte
© Axel Scheffler 2008, pour les illustrations
© Gallimard Jeunesse 2008, pour l'édition française
Numéro d'édition : 167555
Loi n° 49-956 du 16 juillet 1949 sur les publications destinées à la jeunesse
Premier dépôt légal : octobre 2008
Dépôt légal : juin 2009
Imprimé à Singapour

Le papier de cet ouvrage provient d'arbres ayant poussé dans des forêts durables.